Deux ans de vacances

FichesdeLecture.com

Deux ans de vacances (Fiche de lecture)

I. INTRODUCTION

L'auteur

Jules Verne est né en 1828 à Nantes et mort en 1905 à Amiens. La majorité de son œuvre est consacrée à des romans d'aventures et de science-fiction. Son père voulait qu'il soit avocat. Il fait des études de rhétorique et de philosophie au lycée Royal, il obtient son baccalauréat. Puis il suit des études de droit. En parallèle, il commence à écrire, des poèmes, une tragédie en vers. Il rencontre Alexandre Dumas, qui accepte de monter sa pièce « Les Pailles rompues », en 1850, dans son Théâtre-Historique.

L'auteur publie ses premières nouvelles dans la revue Musée des familles, « Les Premiers navires de la marine mexicaine » et « Un Drame dans les airs » en 1851. En 1863 paraît chez l'éditeur Pierre-Jules Hetzel son premier roman « Cinq semaines en ballon » qui connaît un vif succès. Il a signé un contrat de vingt ans avec son éditeur, mais Jules Verne travaillera en réalité durant quarante ans à ses Voyages extraordinaires.

Il en produit 64 qui paraissent pour certains dans le « Magasin d'éducation et de récréation ». Rédigés entre 1862 et 1904, ces romans d'aventures valurent à l'auteur une double réputation d'écrivain d'anticipation et d'auteur pour enfants. L'œuvre de Jules Verne est populaire dans le monde entier et il est second au rang des auteurs les plus traduits en langue étrangère.

L'œuvre

« Deux ans de vacances » est un roman d'aventures paru en 1888. Il fut publié en feuilleton dans le « Magasin d'Éducation et de Récréation » du 1er janvier au 15 décembre, puis en volume, dès le 19 novembre. L'œuvre a été adaptée sous forme de série télévisée et en dessin animé. À son habitude, Jules Verne, nous propose un mélange de données scientifiques, d'extrapolations osées et d'aventure.

II. RÉSUMÉ DU ROMAN

Nous sommes en 1880 en Nouvelle-Zélande. Une quinzaine d'élèves du pensionnat Chairman d'Auckland se préparent pour une excursion de six semaines à bord du Sloughi, une goélette de cent tonneaux. Il s'agit de garçons âgés de huit à quatorze ans, de différentes nationalités et appartenant à la haute société. Il y une grande majorité de britanniques, exceptés Gordon qui est américain et le Français Briant ainsi que son petit frère Jacques.

La veille du départ, alors qu'ils sont tous à bord avec le mousse noir Moko, 12 ans et que le reste de l'équipage est au port, le bateau commence à dériver. Les amarres se sont détachées mystérieusement et ils se retrouvent en pleine tempête.

Pris au dépourvu, les garçons qui ne savent pas maîtriser le bâtiment ni même où ils se trouvent paniquent. Ils empalent le navire sur des récifs et finissent par s'échouer sur un territoire inconnu, une île dans le Pacifique. Les naufragés commencent alors à s'organiser pour survivre sur cette île. Ils s'installent dans une grotte.

Puis trois garçons se détachent du lot pour diriger les autres, l'aîné du groupe, Gordon et ses deux seconds sont Briant et Doniphan qui ont 13 ans tous deux. Ils se retrouvent en « concurrence », les petits gravitent autour de Briant qui s'occupe d'eux et les autres suivent Doniphan. Ils incarnent chacun une qualité, Gordon représente la prudence, Briant le dévouement et Doniphan l'intrépidité.

Ils trouvent différents outils dans le Sloughi et cherchent de l'eau et de la nourriture sur l'île. Ils chassent, pêchent et cueillent les fruits qu'ils trouvent. Puis au fur et à mesure ils cultivent ce dont ils ont besoin et se lancent dans l'élevage.

Malgré une volonté commune de survivre ensemble, il y a de plus en plus de tensions entre les adolescents. Les caractères se révèlent et ils découvrent la vie en communauté en huis clos. Ils tentent de résoudre les différends, car ils savent que leur union est indispensable à leur survie.

Cependant ils mettent en place des systèmes de défense pour se protéger. Mais parfois le temps semble long alors ils cherchent des occupations comme la construction d'un cerf-volant suggéré par Briant pour tenter une reconnaissance visuelle de l'île Chairman. Ils espèrent tous pouvoir un jour rentre et quitter cette île où ils se sentent prisonniers.

À la suite d'une dispute, les rescapés sont sur le point de se séparer lorsque des bandits abordent l'île. Face à cette menace, ils joignent leur force pour lutter et affronter les pirates. Dans leur combat, ils sont aidés par deux prisonniers qui ont réussi à s'échapper. Ils luttent tant bien que mal et finissent par triompher. Finalement, ils retourneront chez eux au bout de deux ans.

III. ÉTUDE DES PERSONNAGES

Gordon

C'est l'aîné des rescapés, unique Américain du groupe. Il est respecté pour sa sagesse et son « esprit pratique ». Il est surnommé « le Révérend », et est élu premier chef démocratique de l'île. Il joue un rôle de médiateur.

Briant

C'est un Français, fils d'ingénieur. Il s'occupe beaucoup de son petit frère Jacques, 10 ans, qui est très turbulent. Il représente le grand frère des rescapés, il se montre protecteur avec les « petits ». Il est également ami du mousse qui est noir.

Au cours du récit, il se montre audacieux et entreprenant. Il est également très inventif, notamment lorsqu'il veut construire un cerf-volant pour pouvoir observer l'île du ciel. Il symbolise les Français positivistes qui croient en la Science.

À travers ce choix de nom, l'auteur rend hommage à Aristide Briand, camarade de classe de son fils, Michel, auquel il vouait une grande admiration et est devenu par la suite un homme politique important.

Doniphan

Il a le même âge que Briant, tous les deux sont les seconds de Gordon ce qui les met en concurrence. Fils de riche propriétaire de Nouvelle-Zélande, il est élégant et distingué, il fait preuve de beaucoup de charisme.

Il est intelligent et veut toujours être le meilleur, il aime s'imposer. Il est passionné de sport et très habile au fusil. Malgré leur rivalité, Briant et Doniphan, se réconcilient vers la fin du récit.

IV. AXES DE LECTURE

Un roman d'aventures

Le roman d'aventure appartient à la littérature populaire qui a connu son âge d'or en Europe entre 1850 et 1950, au moment de l'établissement d'empires coloniaux notamment aux États-Unis dans le contexte de la conquête de l'ouest. Ce courant s'inspire de l'exploration du monde dit « sauvage » mettant l'accent sur l'action en multipliant les péripéties plutôt violentes.

On y trouve du drame, du suspense, il y a beaucoup de personnages qui évoluent souvent dans des cadres exotiques, ici le récit se passe sur une île déserte dans le pacifique. Il s'agit de l'île « Hanovre », située dans un archipel au large des côtes sud du Chili. Il est question d'aventures marines, de mer, de naufrages, de luttes et de pirates.

On reconnaît la marque de l'auteur qui aime présenter la mer, le besoin de liberté et de conquête. En effet, il est souvent question de voyages et de navigation dans ses romans. L'auteur a grandi à Nantes, « *À voir passer tant de navires le besoin de naviguer me dévorait* ». Il se serait embarqué à l'âge de treize ans sur un navire pour les Indes, à bord d'un trois-mâts, la « Coralie ». Son père l'aurait rattrapé in extremis puis il aurait déclaré à ses parents : « *Je vous promets de ne plus voyager qu'en rêve* ».

À travers ce récit, Jules Verne ajoute un chapitre au cycle des robinsonnades. Dans sa préface, il déclare : « *Bien des Robinsons ont déjà tenu en éveil la curiosité de nos jeunes lecteurs [...] Malgré le nombre infini des romans qui composent le cycle des Robinsons, il m'a paru que, pour le parfaire, il restait à montrer une troupe d'enfants de huit à treize ans, abandonnés dans une île, luttant pour la vie au milieu des passions entretenues par les différences de nationalités – en un mot, un pensionnat de Robinsons* ».

Il est question de beaucoup d'intrigues et de péripéties extraordinaires et violentes, parfois au détriment de la vraisemblance. Le roman d'aventures a connu un grand succès notamment car il a permis de diffuser le goût de l'ailleurs entretenu par les récits de voyage et les biographies des explorateurs.

L'univers enfantin

La plupart des rescapés sont encore des enfants, ils sont guidés par leurs aînés âgés de 13 et 14 ans. Plusieurs éléments du récit nous renvoie à l'univers enfantin tout d'abord il y a les animaux, présents sur l'île, mais aussi le chien de Gordon, Phann.

Il y a aussi des lieux que les enfants aiment tels que la nature, l'île déserte, le bateau. Au début du récit, ils sont tous enthousiastes à l'idée de passer plusieurs jours en mer pour vivre une aventure.

Il y a également les personnages comme les pirates ou encore leurs activités, ils vivent comme Robinson, apprennent à pêcher, à chasser, à vivre en harmonie avec la nature. Comme tous les enfants, ils sont en quête d'aventures et de découvertes qu'ils vont vivre pendant deux ans. D'où le titre du livre, « Deux ans de vacances », tous les enfants rêvent de vivre en autarcie sur une île comme des aventuriers.

Mais la réalité apparaît parfois moins bien qu'ils l'auraient imaginé, les plus jeunes ont besoin de repères et d'amis, ils les trouvent en la personne de Briant qui aime les voir rire et les protège. Malgré la diversité de leurs âges, à la fin du récit, tous les jeunes garçons sont unis par cette aventure extraordinaire et l'amitié qui est née. À la fin ils deviennent presque inséparables, en s'alliant ils sont plus forts.

Tous les garçons acquièrent une certaine maturité à la fin du récit, riches de leurs expériences ils découvrent et apprennent, l'amitié, la vie en communauté, mais aussi la dureté de la vie, notamment lorsqu'ils doivent se battre contre les pirates. Quoi qu'il en soit les garçons forment leur propre famille. Chacun fait preuve de beaucoup de courage et ils tentent de trouver des solutions ensemble.

L'auteur a voulu montrer « la bravoure et l'intelligence d'un enfant aux prises avec les périls et les difficultés d'une responsabilité au-dessus de son âge ». Ainsi, Gordon, Briant et Doniphan en s'unissant et « par la force des circonstances, assument des responsabilités bien au-dessus de leur âge ».

Un aperçu de la société du XIXe siècle

À travers ses personnages, l'auteur nous montre un échantillon de la société du XIXe siècle. Il a volontairement choisi des jeunes garçons appartenant à la haute société, mais issus de pays différents. Chacun représente son pays et la rivalité décrite entre eux rappelle celle qui existe enter leurs pays d'origine. Alors qu'ils sont isolés sur une île déserte, ils doivent organiser leur vie en communauté et reproduisent les schémas dont ils sont familiers.

Gordon, l'américain est caractérisé par son « esprit pratique », il joue le rôle du médiateur entre Briant et Doniphan, le Français et le Britannique en concurrence. Il représente la sagesse, l'ordre et l'autorité, comme en témoigne son surnom.

L'âge et le savoir hiérarchisent les enfants, Doniphan incarne le jeune Britannique qui n'a peur de rien, élégant et distingué, il symbolise l'aristocratie anglaise. Tandis que le Français Briant est un fervent défenseur de la démocratie, tout comme Gordon et s'attache aux petits. Bien qu'ils soient opposés tout au long du récit, ils se réconcilient pour le bien de la communauté et pour lutter ensemble contre le danger. En réalité, les caractères de Gordon, Doniphan et Briant sont complémentaires.

À la fin du récit, l'auteur écrit : « *Que tous les enfants le sachent bien – avec de l'ordre, du zèle, du courage, il n'est pas de situations, si périlleuses soient-elles, dont on ne puisse se tirer* ». On peut penser que l'ordre renvoie à Gordon, le zèle à Briant et le courage à Doniphan.

Dans la même collection en numérique

Les Misérables
Le messager d'Athènes
Candide
L'Etranger
Rhinocéros
Antigone
Le père Goriot
La Peste
Balzac et la petite tailleuse chinoise
Le Roi Arthur
L'Avare
Pierre et Jean
L'Homme qui a séduit le soleil
Alcools
L'Affaire Caïus
La gloire de mon père
L'Ordinatueur
Le médecin malgré lui
La rivière à l'envers - Tomek
Le Journal d'Anne Frank
Le monde perdu
Le royaume de Kensuké
Un Sac De Billes
Baby-sitter blues
Le fantôme de maître Guillemin
Trois contes
Kamo, l'agence Babel
Le Garçon en pyjama rayé
Les Contemplations

Escadrille 80

Inconnu à cette adresse

La controverse de Valladolid

Les Vilains petits canards

Une partie de campagne

Cahier d'un retour au pays natal

Dora Bruder

L'Enfant et la rivière

Moderato Cantabile

Alice au pays des merveilles

Le faucon déniché

Une vie

Chronique des Indiens Guayaki

Je voudrais que quelqu'un m'attende quelque part

La nuit de Valognes

Œdipe

Disparition Programmée

Education européenne

L'auberge rouge

L'Illiade

Le voyage de Monsieur Perrichon

Lucrèce Borgia

Paul et Virginie

Ursule Mirouët

Discours sur les fondements de l'inégalité

L'adversaire

La petite Fadette

La prochaine fois

Le blé en herbe

Le Mystère de la Chambre Jaune

Les Hauts des Hurlevent

Les perses

Mondo et autres histoires

Vingt mille lieues sous les mers

99 francs

Arria Marcella

Chante Luna

Emile, ou de l'éducation

Histoires extraordinaires

L'homme invisible

La bibliothécaire

La cicatrice

La croix des pauvres

La fille du capitaine

Le Crime de l'Orient-Express

Le Faucon malté

Le hussard sur le toit

Le Livre dont vous êtes la victime

Les cinq écus de Bretagne

No pasarán, le jeu

Quand j'avais cinq ans je m'ai tué

Si tu veux être mon amie

Tristan et Iseult

Une bouteille dans la mer de Gaza

Cent ans de solitude

Contes à l'envers

Contes et nouvelles en vers

Dalva

Jean de Florette

L'homme qui voulait être heureux

L'île mystérieuse

La Dame aux camélias

La petite sirène

La planète des singes

La Religieuse

1984 A l'Ouest rien de nouveau

Aliocha

Andromaque

Au bonheur des dames

Bel ami

Bérénice

Caligula

Cannibale

Carmen

Chronique d'une mort annoncée

Contes des frères Grimm

Cyrano de Bergerac

Des souris et des hommes

Deux ans de vacances

Dom Juan

Electre

En attendant Godot

Enfance

Eugénie Grandet

Fahrenheit 451

Fin de partie

Frankenstein

Gargantua

Germinal

Hamlet

Horace

Huis Clos

Jacques le fataliste

Jane Eyre

Knock

L'homme qui rit

La Bête humaine

La Cantatrice Chauve

La chartreuse de Parme

La cousine Bette

La Curée

La Farce de Maitre Pathelin

La ferme des animaux

La guerre de Troie n'aura pas lieu

La leçon

La Machine Infernale

La métamorphose

La mort du roi Tsongor

La nuit des temps

La nuit du renard

La Parure

La peau de chagrin

La Petite Fille de Monsieur Linh

La Photo qui tue

La Plage d'Ostende

La princesse de Clèves

La promesse de l'aube

La Vénus d'Ille

La vie devant soi

L'alchimiste

L'Amant

L'Ami retrouvé

L'appel de la forêt

L'assassin habite au 21

L'assommoir

L'attentat

L'attrape-coeurs

Le Bal

Le Barbier de Séville

Le Bourgeois Gentilhomme

Le Capitaine Fracasse

Le chat noir

Le chien des Baskerville

Le Cid

Le Colonel Chabert

Le Comte de Monte-Cristo

Le dernier jour d'un condamné

Le diable au corps

Le Grand Meaulnes

Le Grand Troupeau

Le Horla

Le jeu de l'amour et du hasard

Le Joueur d'échecs

Le Lion

Le liseur

Le malade imaginaire

Le Mariage de Figaro

Le meilleur des mondes

Le Monde comme il va

Le Parfum

Le Passeur

Le Petit Prince

Le pianiste

Le Prince

Le Roman de la momie

Le Roman de Renart

Le Rouge et le Noir

Le Soleil des Scortas

Le Tartuffe

Le vieux qui lisait des romans d'amour

L'Ecole des Femmes

L'Ecume Des Jours

Les Bonnes

Les Caprices de Marianne

Les cerfs-volants de Kaboul

Les contes de la Bécasse

Les dix petits nègres

Les femmes savantes

Les fourberies de Scapin

Les Justes

Les Lettres Persanes

Les liaisons dangereuses

Les Métamorphoses

Les Mouches

Les Trois mousquetaires

L'étrange cas du Dr Jekyll et de Mr Hyde

L'Ile Au Trésor

L'île des esclaves

L'illusion comique

L'Ingénu

L'Odyssée

L'Ombre du vent

Lorenzaccio

Madame Bovary

Manon Lescaut

Micromégas

Mon ami Frédéric

Mon bel oranger

Nana

Ne tirez pas sur l'oiseau moqueur

Notre-Dame de Paris

Oliver twist

On ne badine pas avec l'amour

Oscar et la dame rose

Pantagruel

Le Misanthrope

Perceval ou le conte du Graal

Phèdre

Ravage

Roméo et Juliette

Ruy Blas

Sa Majesté des Mouches

Si c'est un homme

Stupeur et tremblements

Supplément au voyage de Bougainville

Tanguy

Thérèse Desqueyroux

Thérèse Raquin

Ubu Roi

Un Barrage contre le Pacifique

Un long dimanche de fiançailles

Un secret

Vendredi ou la vie sauvage

Vipère au poing

Voyage au bout de la nuit

Voyage au centre de la terre

Yvain ou le Chevalier au lion

Zadig

À propos de la collection

La série FichesdeLecture.com offre des contenus éducatifs aux étudiants et aux professeurs tels que : des résumés, des analyses littéraires, des questionnaires et des commentaires sur la littérature moderne et classique. Nos documents sont prévus comme des compléments à la lecture des oeuvres originales et aide les étudiants à comprendre la littérature.

Fondé en 2001, notre site FichesdeLectures.com s'est développé très rapidement et propose désormais plus de 2500 documents directement téléchargeables en ligne, devenant ainsi le premier site d'analyses littéraires en ligne de langue française.

FichesdeLecture est partenaire du Ministère de l'Education du Luxembourg depuis 2009.

Plus d'informations sur www.fichesdelecture.com

ISBN: 978-2-511-02862-9

Notes :